CB136645

Marcia Friggi

O CAL DA TERRA

KOTTER EDITORIAL

Copyright ©Marcia Friggi, 2025.

Direitos reservados e protegidos pela lei 9.610 de 19.02.1998.
É proibida a reprodução total ou parcial sem autorização, por escrito, da editora.

Coordenação editorial: Sálvio Nienkötter
Editor-executivo: Claudecir de Oliveira Rocha
Editor-assistente: João Lucas Dusi
Capa: Jussara Salazar
Design editorial: Carlos Garcia Fernandes
Produção: Cristiane Nienkötter
Preparação de originais e revisão: A Autora

Dados Internacionais de Catalogação na Publicação (CIP)
Angelica Ilacqua CRB-8/7057

Friggi, Marcia
O cal da terra / Marcia Friggi. — Curitiba : Kotter Editorial, 2025.
88 p.

ISBN 978-65-5361-358-4

1. Poesia brasileira I. Título

CDD B869.1

24-4500

Kotter Editorial Ltda.
Rua das Cerejeiras, 194
CEP: 82700-510 - Curitiba - PR
Tel. + 55(41) 3585-5161
www.kotter.com.br | contato@kotter.com.br

Feito o depósito legal
1ª Edição
2025

Marcia Friggi

O CAL DA TERRA

Porque eu reajo. A vida, a natureza,
Que são para o artista? Coisa alguma.
O que devemos é saltar na bruma,
Correr no azul à busca da beleza.

Mário de Sá Carneiro

Sumário

Por um fio

O cotidiano transpõe janelas
A flor de maio despeja flores
no chão de junho
A mãe embala o filho com olhos postos
em mais um dia em branco
Um menino costura a tarde
nas cordas do violão
Alguém morreu no instante
em que a neblina encobre o morro
A cova rasa é uma rosa de carne e sangue
Às 4h da manhã, o homem de olhos acesos
caminha amarrado à coleira de dois cães
O Rio voltou a encher
O carteiro cruza a ponte
segurando cartas endereçadas a Deus
O médico cometeu suicídio
com overdose de anestésico

Um apartamento acende em festa
Alguns dançam nas paredes do abismo
Escorre ódio da boca do Rei louco
que sonha ser amado e teme ser deposto
As roupas estão esticadas no varal
A mulher ajusta a máscara
e apressa o passo pra lugar nenhum
O vizinho chora trancado no banheiro
e envolve as mãos em álcool gel
Os ansiolíticos saltam das prateleiras
E a vida segue por um fio.

(Pandemia de Covid19. Brasil, primavera de 2020)

Teias

Negarei teu nome
e apelido o apelo
da tua voz aos
meus ouvidos

Negarei tuas mãos
e dedos, tuas digitais
nos meus segredos

Negarei teus passos
e abraços, tua brisa
em meus cabelos

Negarei a fome
do teu corpo
e meus saltos triplos
em teus abismos

Negarei ao meu
desejo, teu selo
e endereço

Negarei os búzios
as cartas, o zodíaco
e todos os oráculos
Negarei as trapaças
do destino
Negarei ao medo
o meu medo
de tropeçar
nas tuas teias

Eu só não negarei
nossas veias
de infinito

Noite

Teu olhar, farol antigo
ameaça a sombra
da lua negra

Tuas mãos peregrinas
vagam em fendas fundas
e curvas

Corpos em laço doble
cauda bêbada de cometa

Rastros de suor e saliva
overdose litúrgica
na veia

Leio em braile
o texto adâmico

gravado na pele
do desejo

Sorvo das tuas mãos
em concha a luz
da lua cheia

Decreto do medo

Destituiu-se a aurora
depôs-se as horas
mais claras do dia

O pôr do sol
será eterno no céu da
boca na boca do
estômago nas mãos
crispadas
de espanto

Não nascerão cores
neste chão calcinado
regado pelo sangue
de girassóis, onde
tombam lírios

e cerram os olhos
dos jasmins

– flores ceifadas pelo
decreto da bala –

Foi interrompida
a primavera para
as mães
– desérticas gardênias –
que seguem
– ainda que não o
saibam – a embalar no
colo
o filho eterno e para
sempre...
morto

(Pelas crianças mortas por bala perdida. Brasil, primavera de 2019)

Labirinto

O punho da madrugada esfrega suas sombras
na cara da insônia, risca sulcos na pele exaurida
Tateio a procura da primeira fresta do amanhecer
arranho as paredes deste labirinto de espelhos

Distância

Não haverá segredos

entre meu rio e teu

leito

Renúncia

Deste mundo pirotécnico
só quero a curva da concha
e suas calcificações de silêncio

Nero I

Pisas o dia calcinado
deitas mentiras ao solo
de cinzas
desdenhas do verde
que nos roubam
Entenda: – era
vida! E
sendo vida
          em jogo
qualquer
lucro
é logro!

(Amazônia em chamas. Brasil, verão de 2020)

A palavra morta

São de agudas raízes
estes silêncios
dos homens
e de Deus

Impossível cálice
de chumbo líquido
cristal de orvalho
sobre pétalas

Calcificações de espanto
entre pálpebras e pupilas
bílis verde a bater
nas paredes cítricas
do estômago

A palavra morta

seu peso de agosto

na garganta

seu escuro preço

Casa

A casa da minha infância
tem grandes olhos tristes
cheiro de madeira e mel
gosto de figos
cristalizados ao sol

A casa da minha infância
tem ímpetos de precipício
e vento Minuano
braços abertos
para o poente
escadaria em longas
pernas curvas

A casa da minha infância
guarda o tom ocre

dos doces em calda

paredes frias

de resistir invernos

Em sonhos eu volto a habitá-la

mas é ela que mora em mim

Ode para saxofone

Cai sobre nós
o vão da tarde
em labaredas
            fúnebres

A noite voraz
em virulenta
            mandíbula

Caem opacos ecos
de saxofone
para ouvidos
            ocos

Sombras de aplausos
que desdenham

e desenham

corredores da morte

para covas rasas

de fundo pesadelo

Cai sobre nós

o vale de corpos

silenciosos

sem despedida

Cai sobre nós

o mudo olhar

de Deus

ante a insana

autofagia

Cai um corpo

de vida imensa

e mais outro

e outro

Cai a tarde

a noite

o agudo medo

as máscaras

do degredo

Cai sobre nós esta

vigília que esfola

o sangue e devora

(Abertura dos shoppings em Blumenau no auge da pandemia. Brasil, outono de 2020.)

Espelho

Verde signo
musgo mapa de vapor
imagem escorrida
presa ao espelho

Olhos fundos de infinitos
observam-me desafiadores

Do canto da boca
escorre interrogativo
rasgo de riso em roxo
curva de figo em calda
voz em lira muda

Questiona-me
Questiono-te
        – Até quando?

Fecho a porta
o punho, o peito
a usina de utopias
Varro a chama anoitecida
sob íris cinza
               cinzas
Cerro os olhos do sonho

Coroa

Resta-nos a náusea
haste debruçada
sobre a brutalidade
do descaso

resta-nos a névoa
olhos postos sobre
a coroa que consome
em estertores

resta-nos o silêncio
chama imóvel
da despedida
que não nos coube
e por isso...
            arde

resta-nos o desejo:

abre as asas e voa

imenso, imerso

no ar que te negaram!!!

(Pelas vítimas da Covid asfixiadas em Manaus por falta de oxigênio.
Brasil, verão de 2021)

Paradoxo

Já não é tempo
para girassóis na pupila
há muito que severamente
escureço

Já não cabem
no pântano das horas
os acasos do encanto
pois há muito que
anoiteço

Entretanto um
sorriso atravessa
a tarde do meu rosto
quando penso em ti

Talvez

se tuas mãos percorressem

a noite do meu corpo

eu me fizesse carne

e outra vez ...

Solar

Ineludível

Observo
teus rastros
de chumbo
sobre
as mandíbulas
do dia

Feixes de luz
no rosto
de folhas
prematuras

Pressinto
teus olhos vítreos
atentos às paredes
dos meus abismos

As mãos liquescentes
tocando o corpo
das minhas horas
e ecos de fatalidade
no convite ineludível

Aguarda, irmã,
amiga morte!
Há de tardar a hora
em que te farei frente

ante a promessa
do meu pó
estarei empertigada
              nua
coberta de amor
              apenas

e das cinzas dos versos
que não disse

Nero II

Há uma noite atravessada
na janela dos olhos
e a vigília adoecida
crava as unhas
nas crateras da lua
A mandíbula desconhece
o sonho e mastiga cinzas
                    crematórias

Nero não morreu
e ronda o espectro
da floresta
                    calcinada

Setembro amanhece
com as patas queimadas

de um felino
sobre as pálpebras
 e mesmo cego
despeja a primavera
em tapetes dourados
                    na calçada

(Queimadas no Pantanal. Brasil, verão de 2020)

Noturno

Restam promessas
filetes de vultos
implacáveis nas veias
impassíveis dos teus
olhos nus
que escondes
em litúrgica distância
no aço brusco do caos
onde lateja a carne
essa casa líquida
de ventos e ecos

Descaso

O silêncio cospe
nas vertentes
do dia
cava os escombros
da noite

O silêncio vela
o vazio das covas
e crava as unhas
na dor sem lápide

O silêncio fere
a garganta das
cruzes e
salga
a ferida exposta

Ante a desértica
paisagem dos olhos
o silêncio sabe:
já não há o que dizer
a palavra está morta!

(Pandemia de Covid19. Brasil, inverno de 2020)

Oráculo

Na cordilheira
da tua omoplata
um triângulo de asas
                dorme
no estreito
a cintura do desejo
ergue-se em labareda
a aorta lateja dúvidas
teu corpo
            – catedral incandescente –
teu peito
        – oráculo esquivo –

entre cálices de cinza
e copos de sol
em carne viva

a vida escorre
entre medos!

Nebulosas

Mãos silenciosas
deslizam
pelas paredes
acústicas da noite
pousam entre a urna
de segredos
e a pele do cansaço

Sob a Nebulosa de Óreon
as trevas do não dito
– mal dito –
aguardam o sibilar da alvorada
que há de acender em cantiga
o verbo oculto sob asas
de anjos insones

A claridade da manhã
estenderá seu manto
sobre as calçadas
e ouvirá de cada mulher
e cada homem
sua voz liberta
do estrangulamento nebuloso
de todas as vésperas

Genivaldo De Jesus Santos

Teu cadáver, Genivaldo,
habita as órbitas do mundo
teu cadáver mudo
expõe as pernas
– última súplica–
para fora do porta-gás
câmara da morte de
metal, chumbo e ódio
são os homens
que executam tua tortura
Genivaldo de Jesus
Teu cadáver desfia
fratura exposta
nas mandíbulas
da nossa humanidade
essa máscara de horror

que nos consome
Ninguém para te socorrer
Genivaldo de Jesus Santos
nem Jesus para soprar
em teu rosto
o ar que te faltava
ninguém
ninguém
para impedir
essa tua morte
essa nossa morte
essa nossa morte
tantas vezes repetida

(Brasil. Primavera de 2022)

Fado

Escrevo porque é madrugada
e trago a lua
em quarto crescente
presa na garganta
escrevo porque me equilibro
em despenhadeiros
enquanto guardo
um grito engolido pelo espanto

Trago a pele macerada
flor antiga de jardim em ruínas
Escrevo sob chuva de escarro
Escrevo porque carrego
cascalhos de verbos na laringe
porque tenho um sol
debruçado na traqueia e ardo
à luz do dia

Escrevo porque tenho
ânsias de luz a verter
sobre sacrilégios
Envolta na combustão
do fogo-fátuo
escrevo
Escrevo porque trago
cativa nas amígdalas
estas amêndoas amargas
prenhes de palavras

Palavras que tardam
falham e me tomam

Laços

Estendo roupas no varal
sob a quentura dourada
do sol de outono
enquanto recolho
das lembranças
nossas mãos
entrelaçadas
          entrefios

Vertigem

Derramo sobre tuas mãos
os enigmas insondáveis
da minha pele e sob teus
passos o meu norte
indecifrável

Pacto

Pés descalços desalinham
cordas de areias vítreas
iluminadas ao sol
de uma manhã entontecida
em cada pegada
há promessas de caminho

Não esperava que viesse
enquanto eu era revoada
sob sol a pino
pés em brasa
faísca de incêndio

não esperava que viesse
mas veio
talvez porque eu fosse pele

sob anestésico e agulhas
asas do medo

Não esperava que viesse
enquanto eu era tumulto
sob o signo da aflição
arremesso de salto
sobre ausências

Foi melodioso ao cruzar
com os dedos as linhas
do meu rosto
alcançar a nota musical
deter abalos sísmicos

Tão próximos – amálgama
sopro de sal e sonho

Sol noturno

Entardece em sépia
crepúsculo antigo
eu – fragmentada e nua –
busco o silêncio escuro
e ácido
esse ninho abandonado
de pássaro
O tropel de um sol
noturno explode milhões
de volts no céu da insônia
A lua umedece as brasas
da madrugada incinerada
Sou espectro de pele moída
em esperas
– esporas do tempo –
No dorso da mão

trago chaga aberta

Na palma, o cintilar

do verbo

enigma de estrelas

Os olhos

– faróis estáticos –

estatelados, antiestéticos

atravessam as trevas

da madrugada

como um trem embriagado

que tem como destino

– ou milagre –

cruzar as brumas da noite

e, incólume, ressurgir

aos primeiros raios da alvorada

Eu amanhecerei prostrada

num torpor de silêncio bruto

Memória

O vento morno
entra pela janela
derruba sobre minhas mãos
pétalas rumorosas da infância
Do regaço inclinado escorre
seiva de lembranças
corrompidas
esse sumo perfumado
e cítrico de tangerinas
– sol dos pomares –
que vaza entre os dedos
para se cristalizar em mãos
maduras no ofício de reter
esse vestígio líquido
Capsular reminiscências
para que permaneçam

a salvo do feitiço das horas
e das asas azuis do tempo
Ingeri-las em pequenas
doses diárias
registar no meu avesso
o que não lembro mais

Habeas corpus

Lockdown

estado de emergência

home office

máscara

distanciamento

álcool líquido

álcool gel

Proibidos de entrar

os calçados enfileiram-se

atrás da porta

Cheiro de desinfetante

ausência e saudade

Os olhos do cárcere

têm fome de horizonte

sonham abarcar
amplidões
embriagar-se no sal
de infinitos
entregar-se no abraço
das ondas
aninhar-se em útero
de espumas

(Pandemia. Brasil, outono de 2020)

Desejo

Mastigo o desejo
de ser fragata
a teu lado degustar
o líquido azul da aurora

imergir contigo
em água e sal
abarcar imensidões
de horizonte largo

À distância sofro
a pena da sede
das tuas mãos
sobre as minhas

sorver teu perfume
– flor alada –
nesta ânsia por teu corpo
que sei agora

noutro corpo desdobrado

Sombras

Doeu-me ter
junto aos meus
os teus olhos
fartos de sombras
fitos em mim
repletos de muda
                agonia
presságios de agosto
imersos no vazio
dos que perderam
a esperança na espera

Nos foi negado sonhar!

Vastidões

Aprendi a andar
pisando leve para
não perturbar
a mãe doente
adestrei pés infantis
na lição dos passos
inaugurais
            Mais tarde
para não despertar
os filhos
        Hoje
para não atiçar
as serpentes
que dormem
nos corpos
dos demônios

Para sempre

pluma

em vastidões de silêncio

sobre chão de mariposas

Mapa astral

Trago lâminas cegas nos olhos
e uma marca no supercílio direito
um poente no céu da boca
e a lua em câncer

Vozes cítricas nos ouvidos
um nó na garganta
explosões de sóis em sagitário
versos dançantes no tálamo

Chamas de um inferno astral
e outra lua em escorpião
Júpiter e sua cabeleira ruiva
sobre a cama

Sol na casa seis
olhar perdido sobre morros
Centauro atingido por Hércules
uma ferida que não cicatriza

Dois vasos de bálsamo
gosto de chumbo na boca
línguas de fogo
linhas tecendo esperas

Saturno na casa dois
constelações desérticas
braços em arco e flecha
mil estrelas cadentes

Arco-íris branco
pernas ágeis

serpentes verde-úmidas
enroscadas aos pés
e nenhum caminho
sobre a areia

bússola quebrada
e um barco à espera

Novembro

Este sol silencioso
a debruar minhas
manhãs paraplégicas
insiste em lançar luz
no meu labirinto
de espelhos
– retina de trevas –

É meio-dia
ainda anoitecida espio
o clarão de novembro
morcegos treinam
a valsa da meia-noite
no fio de lâmina encharcado
em lágrimas e vodka

Escondo o pedido
de *habeas corpus*
enquanto corvos
sobrevoam escombros
e os porcos
empanturram-se
de sobras

É perigoso andar
entre eles
entre "homens de bem"
busco a segurança
dos cantos
da meia-luz
das meias-palavras

Escorada na parede
em meia-tinta
ensaio em meia-voz
eu – que nunca fui de meias medidas –

não cabe em mim
essa camisa de força
e eu não caibo na vida

Por isso teço
um ponto alto
três correntes
duas laçadas
Prendo o verbo
estrangulo a palavra
Calo!

Assassinadas

Chamamos por elas
uma a uma
nominalmente
alguém responde
"– Presente!"
seus calçados
formam uma sentinela
silenciosa
em frente
à mesa de honra

Rosas para elas
todas mortas
todas elas
vítimas de feminicídio
esfaqueadas

torturadas

alvejadas

queimadas vivas

Vivas?

Só as rosas

Rosas vermelhas

de sangue

do sangue delas

sobre elas

uma tristura me alveja

o plexo

estamos entrelaçadas

ponto por ponto

trama a trama

drama a drama

Os calçados vazios

de caminhos

encaram a plateia

chorei lágrimas ocas
eram minhas ou delas?

Rafaelas, Vivianes,
Alessandras, Fabianes
Marias, Gabrielas
enfermeiras
donas de casa
comerciantes
professoras
mulheres...
todas vítimas
todas elas

Enxáguo a blusa
penso em mim e nelas
o tecido solta tinta
na água
tinta vermelha
Ou será sangue?
Sangue meu ou delas?

Telúrica

Abro os braços
corpo trágico
sobre a corda bamba
o períneo tinge-se
de vermelho
acelera os vórtices
do *Muladhara*

Telúrica
cuido das flores
mas não me enraízo
sou frágil caule
abatido pelo vento
esforço-me para
permanecer em pé
e tremo a cada passo

A criatividade explode
em alaranjado
no esplênico
trinca paredes gônadas
faz noite escura
chove no plexo solar
onde dorme
um girassol estático

Quedo-me anoitecida
sob este véu de aurora
e não amanheço nunca
o cardíaco carrega
toneladas de concreto
e aço
e pesa...
Como pesa!

o laríngeo traz entalada
uma bola azul vítrea
e engasga a todo instante
com pedaços de gritos
e migalhas de palavras
que não disse

No *Ajña* nasce
um quarto olho
eu vejo além da ilusão
que já turvou
minha retina
há uma coroa de lótus
debruçada sobre a pineal

Sei do caminho
e suas lonjuras
mas permaneço em treva
rego as plantas
das mãos em chama

escorre toda a água
dessa usina interditada

A *Kundalini*
é serpente bioelétrica
enroscada às minhas
vértebras
o tempo é ácida
vertigem
e me engole

Emergir

Nasci mil vezes
de cada morte minha
apresento-me
em estado de prece
diante desta manhã
acesa em convite

Descer
da minha torre
– Tríade de silêncio –
é meu parto mais difícil

Coração galopa
na boca do estômago
nas têmporas
na palma das mãos

Aperto o botão

Cinco, quatro, três...

A dança luminosa

dos números

Dois, um, térreo...

Porta aberta

diante do corpo

paralisado

Ar retido entre

as costelas

Sufoco neste hiato

respiro fundo

Quase afogada

emerjo

dou o primeiro passo

sobre o caminho

pênsil

Estou à tona!

Manto

Antes de sussurrar
meu nome
e navegar estas ilhas
– êxodo das minhas águas –
colhe da chuva
a delicadeza dos pingos
para que eu deseje
buscar afluentes
nos teus braços
desaguar-me como fonte
reconstruir minhas
águas íntimas
peço que me aceites
como manto
sobre o rio do teu sono
e recebas meu corpo
como concha do teu

Se nos estranharmos
à luz desses mistérios
sossega!
Ainda somos véspera!

Nova era

I

no horizonte
embrutecido
em chumbo
beija-flor alça
voo entre os
braços de aço
da antena

II

choro de recém-
nascido rasga a
manhã e debruça
seu primeiro
pouso sobre a
barriga

anestesiada

da mãe

III

arranha-céus

erguem-se em

carne

e cinza

refletem

no espelho

do asfalto

sua trajetória

de alturas

folhas rompem

veias dos paralelepípedos

IV

a vida insiste

neste mundo

de vidro

acrílico plástico

concreto

luz neon

Tudo é Excesso

tudo fere

nesta era

condicionada

a abismos

Tudo tange

nesta hora

arranha – arde

Hiato

Cheiro do café passado
claridade debruçada na janela
raio de luz extraindo cores
da jarra vazia sobre a mesa
porcelanas mudas dispostas
na cristaleira antiga
livros mergulhados
na estante
três botões de rosa
surgindo no mesmo
galho da roseira

Não há ruído de crianças
nem brinquedos
pela casa
o susto das primeiras

quedas – curativos
dente de leite que cai
medição de altura
atrás da porta
desenhos rabiscados
nas paredes

Onde foram parar as
algazarras das crianças?

Tudo é silencio sob
céu sem nuvens
o sol de janeiro
devora ladrilhos
na varanda
e com suas agulhas
de vidro
fere pés descalços

que vagueiam

como se quisessem

costurar em si

o antigo tecido

da casa

Abril

Nada de novo
ao romper do outono
a não ser o sol
esse cão feroz
incandescente
a cravar suas mandíbulas
na tenra pétala
do tempo

tudo se repete
a infiltração no teto
crises epiléticas
no animal doméstico
projetos em atraso
epidemia de dengue
nenhum acordo de paz

sobre o epitáfio das horas
permaneço à espera

pólen bold 90 gr/m2
tipologia calisto mt
impresso no verãode 2025